KB269966

엄지공주 ｜ 미운 오리 새끼

Thumbelina ｜ The Ugly Duckling

　어린 시절 누구나 한 번쯤 읽게 되는 아름다운 동화와 명작들! 이젠 영어로 읽어 볼까요?

　한글 번역본을 읽을 때와는 전혀 다른 재미와 감동을 느낄 수 있고, 이미 알고 있는 이야기들이라 생각보다 어렵지 않습니다. 즐겁게 읽어 나가는 사이에 독해력이 쑥쑥 자라는 것은 물론이죠.

　「행복한 명작 읽기 Basic」 시리즈는 영어로 된 이야기책을 처음 접하는 왕초보들을 위해 개발되었습니다. 250단어 수준의 짧고 쉬운 문장으로 이루어져 있어 영어 읽기를 처음 시도하는 초급자나 초, 중, 고등학생들이 보다 즐겁게, 보다 효과적으로 영어 명작들을 읽으며 독해력을 키울 수 있습니다.

　영어표현 및 문법에 대한 친절한 설명, 어휘 학습과 내용의 이해를 돕는 퀴즈들, 그리고 매 페이지 펼쳐지는 멋진 그림들까지 어디 한 군데 소홀함 없이 구성했습니다. 여기에 권말 특별부록 '독해 길잡이'와 '리스닝 길잡이'를 곁들여 읽기뿐 아니라 체계적인 리스닝 학습까지 아우르고 있습니다. 또한 CD에 '오디오북' 형식으로 전문 미국 성우들의 생동감 넘치는 원음을 담았습니다.

　본문은 원어민 전문 필진이 교육부 선정 기본 어휘를 바탕으로 실생활에 많이 쓰이는 기본 어휘를 사용해 표준 미국식 영어로 리라이팅하였기 때문에 학교 영어 학습에도 큰 도움이 될 것입니다. 「행복한 명작 읽기 Basic」 시리즈를 끝낸 후에는 다락원의 5단계 독해력 증강 프로그램 「행복한 명작 읽기」 시리즈를 본격적으로 시작할 기본 영어 실력을 탄탄히 갖추게 되었음을 몸소 느낄 수 있을 것입니다. 「행복한 명작 읽기」 시리즈를 통해 영어를 읽고 듣는 재미에 푹 빠져 보시기 바랍니다.

– 행복한 명작 읽기 연구회 –

Introduction

안데르센 (1805 ~ 1875)
Hans Christian Andersen

안데르센은 1805년 4월 2일 덴마크 퓨네 섬의 작은 어촌 마을인 오덴세에서 태어났다. 그의 아버지는 가난한 구두 수선공이었으나 책 읽기를 좋아하는 진보적인 생각의 소유자로 어린 안데르센이 문학적 재능을 키우는 데 큰 영향을 주었다.

안데르센은 대학시절부터 시를 쓰기 시작하였고 1833년 이탈리아 여행의 체험을 바탕으로 쓴 〈즉흥시인〉이 호평을 받으면서 본격적인 작가의 길을 걷게 된다. 같은 해에 내놓은 최초의 동화집은 동화작가로서의 출발점이 되었으며, 그 이후 동화 창작은 1870년경까지 계속되어 모두 130편이 넘는 동화를 지었다. 안데르센은 〈인어공주〉, 〈미운 오리새끼〉, 〈벌거벗은 임금님〉 등 아동문학의 최고봉으로 손꼽히는 수많은 걸작 동화들을 남겼다. 어려운 환경 속에서 갖은 고생 끝에 작가로서 성공을 거둔 그의 작품 속에는 서정적인 문체와 아름다운 환상의 세계, 따스한 휴머니즘이 맑고 포근하게 녹아 있다. 평생 독신으로 지낸 안데르센은 1875년 쓸쓸하게 세상을 떠났다. 그의 장례식 날에는 덴마크의 전 국민이 상복을 입었으며 국왕과 왕비도 장례식에 참석하였다. 그는 시인으로서도 많은 활동을 했으며 그의 아름다운 동화들은 전 세계에서 사랑받고 있다.

엄지공주 *Thumbelina*

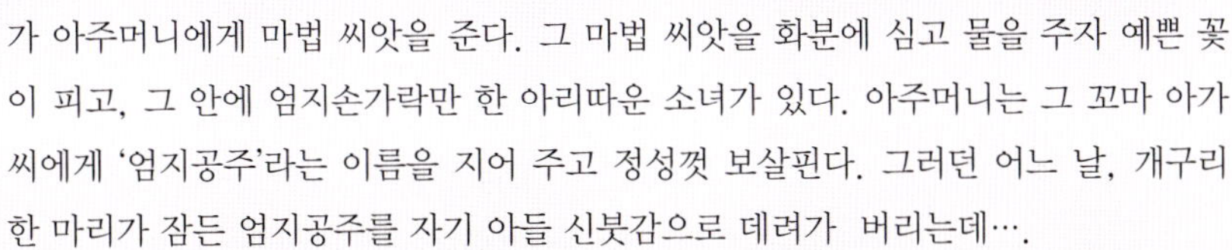

옛날에 아기가 생기길 소원하던 한
아주머니가 있었다. 이를 딱하게 본 마녀
가 아주머니에게 마법 씨앗을 준다. 그 마법 씨앗을 화분에 심고 물을 주자 예쁜 꽃
이 피고, 그 안에 엄지손가락만 한 아리따운 소녀가 있다. 아주머니는 그 꼬마 아가
씨에게 '엄지공주'라는 이름을 지어 주고 정성껏 보살핀다. 그러던 어느 날, 개구리
한 마리가 잠든 엄지공주를 자기 아들 신붓감으로 데려가 버리는데….
〈엄지공주〉는 안데르센의 순수 창작물로 발표될 당시에는 비평가들의 호평을 받지
못했지만, 오늘날에는 전 세계 어린이들의 사랑을 받는 동화이다. 이 이야기는 노래
와 애니메이션 영화로도 각색되어 널리 알려져 있다.

미운 오리 새끼 *The Ugly Duckling*

한 농장에서 일곱 마리의 오리가 태어난다. 그 중 한
마리는 다른 형제들과 다르게 못생기고 행동거지가
달라 항상 놀림을 받는다. 자신감을 잃고 자신의 정체성
을 찾아 헤매던 오리는 마침내 모든 새 중 가장 아름다운 새인
백조로 성장하게 되는데….
이 동화는 주인공의 긍정적인 발전과 변화에 대한 이야기로 전 세계에서 사랑을 받
고 있으며, 오페라, 뮤지컬, 애니메이션 영화 등으로 각색되었다.

How to Use This Book

이 책, 이렇게 보세요

❶ 영어본문
구문별 · 문장별로 행이 구분되어 있어
의미를 파악하기 쉽습니다.

❷ 해석 도우미
영문의 요지 및 뉘앙스의 실마리를
제시했습니다.

❸ 어휘 설명
초등 수준에서 조금 어려울 수 있는
단어와 표현은 해당 의미를 명기했습니다.

❹ 문장 설명
중요 문법 사항이 들어있거나 중요한
구문으로 이루어진 문장에는 해석과
설명을 제시했습니다.
조그맣게 어깨 번호가 있는 문장은
하단을 확인해 보세요.

❺ Check-up
내용 파악을 잘 했는지 바로 확인해보는
퀴즈입니다.

오디오 CD
영미권에서 즐겨 듣는 '오디오북' 형식을 도입해, 원어민 성우가 표준 미국 영어로 내레이션합니다.
어렵지 않게 영어가 귀에 쏙쏙 들어올 것입니다.

How to
Improve Reading Ability

왕초보를 위한 독해 가이드

1단계 군더더기는 필요없다, 키워드를 잡아라.

문장 안의 핵심어를 통해 대략적인 의미를 잡아내는 연습을 해보세요. 단어 몇 개 가지고 짐작으로 무슨 내용인지 생각해 보는 게 무슨 실력이냐 하겠지만, 큰 효과가 있답니다. 계속 해나가다 보면 우연히 맞힌 게 아니라 실력으로 맞힌 것임을 알게 될 것입니다.

2단계 길면 쪼개라.

문장을 의미 단위별로 끊어서 읽으세요. 이 책은 대체로 짧은 문장으로 구성되어 있을 뿐 아니라, 간혹 나오는 비교적 긴 문장은 의미 단위에 맞춰 행이 바뀌어 있습니다. 행이 바뀌는 게 거슬리는 순간, 여러분은 다음 단계로 올라가면 됩니다. 이 때 앞에서부터 차례로 의미를 파악하는 습관을 들이세요. 문장을 거슬러 올라오면서 해석하는 버릇이 들면, 읽는 속도에도 문제가 생기지만 리스닝할 때 큰 난관에 부딪히게 됩니다.

3단계 넘겨 짚는 것도 능력이다, 모르면 추측해라.

모르는 단어가 나와도 바로 사전을 찾지 마세요. 문맥 속에서 유추하는 능력도 길러야 합니다. 전혀 모르겠는 문장도 일단 어떤 이야기일 것이라고 생각해 본 다음에 해석을 확인하거나 사전을 찾도록 합니다.

4단계 많이, 여러 번 읽어라.

영어를 정복하는 지름길은 없습니다. 많이 읽고, 여러 번 읽는 사람만이 정상에 오를 수 있습니다. 꾸준히 영어를 접하다 보면 자기도 모르는 사이에 영어 실력이 쑥 올라간 느낌을 경험하게 될 것입니다.

Contents

Thumbelina

Before you read 10

The Ugly Duckling

Before you read 54

Thumbelina

엄지공주

Before You Read

아기를 간절히 원하던 아주머니에게 마침내 엄지손가락만큼이나
자그마한 딸이 생겼어요. 이 꼬마 아가씨의 모험을 따라가 볼까요?

butterfly 나비
leaf 잎사귀
leaves 잎들
top 꼭대기
back 등
in the air 공중에서
fly 날다
fly south 남쪽으로 날다
wing 날개
leave 떠나다
point 가리키다
I don't want to feel lonely again.
난 다시는 외롭고 싶지 않아.
fairy 요정
forever 영원히
appear 나타나다
lonely 외로운
the same size as ~와 같은 크기
kind 마음씨 착한, 친절한
handsome 잘생긴
bug 벌레
hum 윙윙거리다
grassy 풀로 덮인
ground 땅, 지면
beneath ~ 아래에
underground 지하에
mole 두더지
strange 이상한
smart 똑똑한
nice clothes 좋은 옷
go for a walk 산책하다
take care of ~을 돌보다
bump 부딪치다

A Little Girl Is Born

작은 소녀, 태어나다

Long ago, a woman had
no children.
This made her feel very sad.[1]
She wanted children,
but none ever came.
She went to see a witch.
"Witch," she said.
"I want to have a baby. But I can't."

□ **children** child(어린이)의 복수형
□ **feel** 느끼다 (feel-felt-felt)
□ **come** (아이가) 태어나다, 오다 (come-came-come)
□ **witch** 마녀
□ **think about** ~에 대해 생각하다 (think-thought-thought)

□ **problem** 문제, 고민
□ **magic** 마법의
□ **seed** 씨, 씨앗
□ **take** 가져가다, 데려가다
□ **plant** (나무, 씨앗 등을) 심다

The witch thought about her problem.

"Here's a magic seed," she said.

"Take it home. Plant and water it.

Talk to it nicely. Give it lots of love."

The woman planted and watered the seed.

The next day, a small flower

was there.

But the flower was closed.

☐ **water** (화초 등에) 물을 주다

☐ **talk to** ~에게 말하다

☐ **nicely** 다정하게, 친절하게

☐ **closed** 닫힌

1   이것이 그 여자를 매우 슬프게 했다. ➡ **make + A + 동사원형**: A를 ~하게 하다.
따라서 **make her feel very sad**는 '그녀를 매우 슬프게 하다'라는 뜻이랍니다.

The woman kissed the flower softly.

At once, the flower opened up.

Inside, there was a tiny girl.

- ☐ **at once** 당장에, 즉시
- ☐ **open up** 열다, (꽃이) 피다
- ☐ **inside** 안에
- ☐ **tiny** 아주 작은
- ☐ **lie** 눕다 (lie-lay-lain)
- ☐ **nutshell** 견과 껍질(의)
- ☐ **thumb** 엄지손가락
- ☐ **pour** 붓다, 따르다
- ☐ **bowl** 사발
- ☐ **put** 놓다, 두다 (put-put-put)
- ☐ **on top of** ~의 위에
- ☐ **float** (물 위나 공중에서) 떠가다, 뜨다
- ☐ **pond** 연못
- ☐ **while** ~하는 동안에

She was lying in a tiny nutshell bed.

"Wow!" the woman said.

"She is only the size of a thumb!

I will call her Thumbelina.

She will be my daughter."

Thumbelina lived in the house with her mother.

Thumbelina's mother gave her a place to play.[1]

She poured some water in a bowl.

She put a flower on top of the water.

Thumbelina floated on the flower.

She liked the little pond.

She sang songs while floating.

Check Up

왜 여인은 그 작은 소녀를 '엄지공주'라고 불렀나요?

ⓐ 소녀가 엄지손가락과 닮았기 때문에

ⓑ 소녀가 엄지손가락 크기였기 때문에

1 엄지공주의 엄마는 그녀에게 놀 장소를 주었다. ➜ a place to play: 놀 장소.
to play가 place를 꾸며 주고 있네요. 'to + 동사,' 즉 'to부정사'가 이렇게 형용사처럼 쓰일 때는 반드시 명사 뒤에 와요.

One night, Thumbelina's mother left the window
open.[1]
The window was next to Thumbelina.
A mother frog jumped onto the window sill.
She looked down and saw Thumbelina asleep.

□ **leave A open** A를 열어 두다
　(leave-left-left)
□ **next to** ~ 바로 옆에
□ **onto** ~ 위로, ~로
□ **window sill** 창틀
□ **look down** 내려다 보다

□ **asleep** 잠이 든, 자고 있는
□ **maybe** 어쩌면, 아마
□ **marry** ~와 결혼하다
□ **pick up** 들어올리다, 집어 올리다
□ **hop** 깡충깡충 뛰다
□ **surprised** 놀란, 놀라는

"What a beautiful little girl,"[2] she said.

"Maybe she could marry my son!"

The mother frog picked up Thumbelina.

She hopped away into the garden.

In the morning, Thumbelina slowly opened her eyes.

She was very surprised.

1 어느 날 밤, 엄지공주의 엄마는 창문을 열어 두었다. → leave + A + 형용사: A를 ~한 상태로 두다
   ex Please leave me alone. 나 좀 내버려 두세요.
2 얼마나 아름다운 소녀인가! → What + a(n) + 형용사 + 명사 (+ 주어 + 동사)! 또는 How + 형용사 + (주어 + 동사)! 형태로 감탄문을 만들 수 있어요.

Thumbelina saw a big, fat, ugly frog looking at her.

He smiled at her.

"I am the frog son," he said.

"I am going to marry you."

"Oh, no," Thumbelina thought.

"I can't marry him! He's too ugly!

He seems strange, too."

□ **fat** 뚱뚱한, 살찐
□ **ugly** 못생긴, 추한
□ **smile at** ~에게 미소짓다
□ **seem** ~처럼 보이다, ~인 것 같다
□ **strange** 이상한
□ **fly** 파리

□ **wedding** 결혼(식), 혼례(식)
□ **look around** 둘러보다
□ **in the middle of** ~의 한가운데에
□ **huge** 거대한, 엄청난
□ **leaf** (나뭇)잎
□ **run away** 달아나다 (run-ran-run)

"I'll go find some flies,"[1] said the frog son.

"We can eat them on our wedding night."

The frog hopped into the water and swam away.

Thumbelina looked around her.

She was in the middle of a huge pond.

She was sitting on a small leaf.

She wanted to run away, but she couldn't.

Check Up

왜 엄지공주는 도망치지 못했나요?
ⓐ 거대한 연못 한가운데에 있어서
ⓑ 나무에 묶여 있어서

정답: ⓐ

1   나는 파리를 찾으러 가겠소. ➡ **go find**: ~을 찾으러 가다. go to find에서 **to**가 빠진 말이에요. 흔히 **to**를 빼고 써요.
   ex I will go see the dentist. 나는 치과에 갈 거야.

Thumbelina started to cry.

A butterfly came along.

It saw poor Thumbelina on the small leaf.

The butterfly spoke to Thumbelina.

"Little girl, throw me the end of your little belt."

- [ ] **start to 동사** ~하기 시작하다
- [ ] **butterfly** 나비
- [ ] **come along** 나타나다, 함께 가다
- [ ] **speak to** ~에게 말하다 (speak-spoke-spoken)
- [ ] **throw** 던지다 (throw-threw-thrown)
- [ ] **end** (장소, 물건의 중심부에서 가장 먼) 끝
- [ ] **belt** 벨트, 허리띠
- [ ] **take off** 벗다 (take-took-taken)

Thumbelina took off her belt.

She threw one end to the butterfly.

The butterfly grabbed the belt with its mouth.

It started to fly quickly.

It pulled Thumbelina to land.

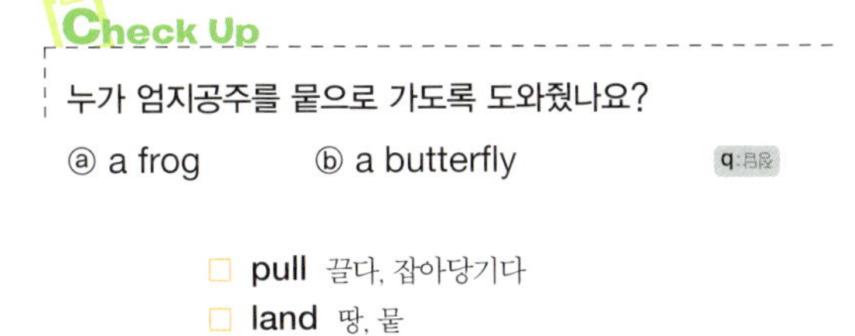

Check Up

누가 엄지공주를 뭍으로 가도록 도와줬나요?

ⓐ a frog ⓑ a butterfly

정답: b

☐ **grab** 붙잡다, 움켜잡다 ☐ **pull** 끌다, 잡아당기다

☐ **quickly** 빠르게, 빨리 ☐ **land** 땅, 뭍

A 엄지공주를 묘사하는 단어를 고르세요.

little

big

small

ugly

pretty

hungry

B 다음 중 옳은 설명은 T, 틀린 설명은 F에 표시하세요.

1. The woman was sad because she had no children. ☐ T ☐ F

2. The witch gave the woman a flower. ☐ T ☐ F

3. The frog son wanted to marry Thumbelina. ☐ T ☐ F

4. A butterfly wanted to marry Thumbelina. ☐ T ☐ F

Answers

A little, small, pretty

B ❶ T ❷ F ❸ T ❹ F

C 등장인물과 대사를 알맞게 짝지으세요.

❶ "She will be my daughter." •   • (a)

❷ "I am going to marry you." •   • (b)

❸ "Here's a magic seed." •   • (c)

D 다음 문장들을 내용 전개에 맞게 다시 배열하세요.

❶ The woman went to see a witch.

❷ Inside, there was a tiny girl.

❸ Long ago, a woman had no children.

❹ The next day, a small flower was there.

_______ ⇨ _______ ⇨ _______ ⇨ _______

Answers

C ❶ (b) ❷ (c) ❸ (a)

D ❸ ⇨ ❶ ⇨ ❹ ⇨ ❷

A Lonely Girl Finds a Home

외로운 소녀, 집을 찾다

In the morning, Thumbelina slowly opened
her eyes. 천천히 눈을 뜨는 엄지공주.
She was surprised again.
A large bug was flying through the air with
Thumbelina.[1]
He was holding the girl with his feet.[2]
"I love you, Thumbelina," he said.
"I want to marry you!"
"Oh, no!" Thumbelina said.
왜 이상한 동물들이 날 좋아하지?
"Why do strange creatures love me?
I just want to be alone!"
난 그냥 혼자 있고 싶다고!

☐ **slowly** 천천히	☐ **hold** 잡다, 쥐다
☐ **surprised** 놀란	(hold-held-held)
☐ **bug** 벌레, 작은 곤충	☐ **creature** 생물
☐ **fly through the air** 공중을 날아가다	☐ **alone** 혼자, 홀로

왜 커다란 벌레가 엄지공주를 잡고 날고 있었나요?

ⓐ 그녀와 결혼하고 싶었기 때문에

ⓑ 그녀를 잡아먹고 싶었기 때문에

1 커다란 벌레 한 마리가 엄지공주와 함께 공중을 가르며 날고 있었다. ➡ 여기서 with는 '~와 함께'라는 뜻이에요.

2 그 벌레는 자신의 두 발로 소녀를 잡고 있었다. ➡ 이 문장에서 with는 '~로, ~을 써서'라는 뜻이에요. 같은 with라도 문장에 따라 의미와 쓰임이 다르다는 것을 알아두세요.

The bug took Thumbelina to his mother.

"Bug Mother, don't you think she is pretty?

I want to marry her."

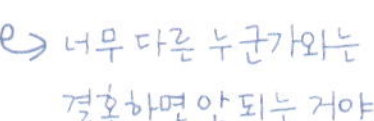

"Yes, she is pretty," the mother bug said.

"But she is so different.

You shouldn't marry someone so different.

Why don't you find a nice bug girl?"[1]

☐ **so** 매우, 너무
☐ **different** 다른, 차이가 나는
☐ **someone** 어떤 사람, 누구
☐ **find** 찾다
☐ **look sad** 슬퍼 보이다 (look: ~하게 보이다)

☐ **word** 말, 이야기
☐ **let A go** A를 보내 주다, 풀어 주다
☐ **pick up** 들어올리다, 집어 올리다
☐ **bring A back** A를 다시 데려다 주다
(bring-brought-brought)

The bug looked sad.

He thought about his mother's words.

"You're right. I have to let her go."[2]

The bug picked up Thumbelina again.

He brought her back to the ground.

She was alone again.

---

1   상냥한 벌레 소녀를 찾지 그러니? **→ Why don't you~?:** ~하지 그러니? 제안
이나 충고를 할 때 흔히 쓰여요. 한편, 과거형 **Why didn't you~?**는 '왜 ~하지 않았
니?'라고 이유를 묻는 말이랍니다.

2   그녀를 보내 주어야겠어요. **→ let + A + 동사:** A를 ~하게 하다. 이때 동사는 반드
시 동사원형으로 쓴답니다.
ex I'll let you know later. 내가 나중에 알려줄게.

Thumbelina spent many weeks walking.

몇 주 동안 걷기만 했어.

She became hungry and lonely.

One day, she met a large spider.

"Hi, little girl," the spider said.

"What's wrong? You look tired and lonely."[1]

"I am," Thumbelina said. "I've been walking through the forest a long time.[2]

And I'm really hungry."

거미가 곡식 낟알을 주었어.

The spider gave her some grains to eat.

She ate three grains very quickly.

The spider took Thumbelina into its spider web.

She quickly fell asleep and slept for two days.

금세 곯아떨어져서 이틀 동안 잠만 잤대.

☐ **spend** (시간을) 보내다 (spend-spent-spent)	☐ **forest** 숲
☐ **week** 주, 일주일	☐ **some** 약간의, 조금
☐ **hungry** 배고픈	☐ **grain** 낟알, 곡물
☐ **lonely** 외로운, 쓸쓸한	☐ **spider web** 거미줄
☐ **one day** 어느 날	☐ **fall asleep** 잠이 들다 (fall-fell-fallen)
☐ **wrong** 잘못된, 틀린	☐ **wake up** 잠에서 깨다 (wake-woke-woken)
☐ **tired** 피곤한, 지친	☐ **say goodbye** 작별인사하다
☐ **walk through** ~을 걸어 다니다	☐ **continue 동사-ing** 계속해서 ~하다

When she woke up,
she felt very good.
She said goodbye to the spider
and continued walking.

Check Up

거미는 엄지공주에게 무엇을 주었나요?

ⓐ a blanket　　　ⓑ some grains

정답: ⓑ

1　넌 지치고 외로워 보이는구나. ➡ **look**: ~하게 보이다. look 다음에 상태를 나타 내는 형용사와 함께 쓰여요.

2　나는 오랫동안 숲속을 걸어 다니고 있어요. ➡ **have been 동사 -ing**: (과거부터) 계속 ~하고 있다. 이처럼 과거부터 현재까지 계속 진행중임을 나타내는 표현을 '현재완 료 진행' 시제라고 해요.

Thumbelina was sad as she continued walking.[1]

She sat beneath a big tree and cried.

A little mouse lived in the tree.

It looked out and saw the poor girl crying.[2]

"Little girl, little girl," the mouse said.

"What's wrong?

Come inside my house."

"Thank you, mouse," she said.

Thumbelina went into the mouse's home.

□ **sad** 슬픈
□ **beneath** ~ 아래에, ~ 밑에
□ **cry** 울다 (cry-cried-cried)
□ **look out** 내다보다, 밖을 보다
□ **inside** 안으로, 안에

□ **go into** ~로 들어가다
□ **place** 장소, 집
□ **stay** (계속) 머무르다
□ **for** ~ 동안
□ **fun** 재미있는

The mouse lived with its family in the tree.

It was a very nice place.

Thumbelina ate some good food.

She stayed with the family for weeks.

She told the mouse children fun stories.

One night, a guest visited the mouse.

It was a funny-looking mole.

The mole wore nice clothes and a hat.

Thumbelina, the mole and the mice had dinner.

The mole talked a lot during dinner.

He talked about how smart he was.[1]

He said he had a lot of money.

He also told Thumbelina he had a big problem.

"I can't see very well," he said.

"I need somebody to help me.[2]

Why don't you live at my house, Thumbelina?

You can cook and clean for me.

I will pay you for your work."

☐ **guest** 손님, 하객	☐ **a lot of** 많은 ~
☐ **visit** 방문하다, 찾아가다	☐ **problem** 문제
☐ **funny-looking** 외모가 특이한, 괴상하게 생긴	☐ **somebody** 누군가, 어떤 사람
☐ **mole** 두더지	☐ **help** 돕다, 도와주다
☐ **wear** 입고 있다, 쓰고 있다 (wear-wore-worn)	☐ **cook** 요리하다
☐ **clothes** 옷	☐ **pay** (돈을) 내다, 지불하다
☐ **mice** mouse(쥐)의 복수형	
☐ **during** ~동안, ~내내	
☐ **smart** 똑똑한	

1 두더지는 자신이 얼마나 똑똑한지 얘기했다. → how + 형용사: 얼마나 ～한.
how smart he was는 '그가 얼마나 똑똑했는지'의 뜻이에요.
2 나를 도와줄 누군가가 필요해. → someone to help me: 날 도와줄 사람. to
help me가 앞에 있는 someone을 꾸며 주는 거랍니다.

Thumbelina felt sorry for the mole.
They went to the mole's home.
It was under the ground.
The house was very nice.
Thumbelina cooked and cleaned.

feel sorry for A A를 가엾게 여기다
(feel-felt-felt)
under ~ 아래에
go for a walk 산책하러 가다

bump 부딪히다
along ~을 따라
underground 지하의
sick 아픈

One day, the mole said,

"Let's go for a walk.

You must come with me.

If you don't come, I will bump my nose."[1]

They walked along an underground road.

Soon, they saw a beautiful white bird.

He looked really sick.

엄지공주는 두더지의 집에서 무엇을 했나요?
ⓐ 이야기를 해주고 케이크를 먹었다.
ⓑ 요리하고 청소했다.　　　정답 : ⓐ

1　만약 네가 가지 않으면, 나는 코를 부딪히게 될 거야. ➡ if: 만약 ~라면. 조건을
　　나타내는 표현이에요. if you don't come은 '네가 가지 않으면'이란 의미예요.

"Silly bird," the mole said.

"It's always flying around in the sky.

That's why he got sick.[1]

Get out of my way, bird!"

The mole kicked the bird's leg.

"Stop!" Thumbelina shouted.

"What has this poor bird done to you?

Go away, mole!"

The mole turned up his nose.

He walked away.

Thumbelina stayed with the bird underground.

☐ **silly** 어리석은, 바보 같은	☐ **poor** 가엾은, 불쌍한
☐ **always** 항상, 내내	☐ **go away** 가버리다, 떠나가다
☐ **around** ~주위에, 주변에	☐ **turn up** 치켜 세우다
☐ **get out of one's way** ~의 길을 비키다	☐ **walk away** 멀리 걸어가다, 떠나 보내다
☐ **kick** (발로) 차다	☐ **stay** 머물다
☐ **shout** 외치다, 고함치다	☐ **best** 가장 좋은, 최고의 (good의 최상급)

She found some seeds.

She gave the bird the best seeds.

She spent many weeks helping the poor bird.[2]

엄지공주는 새에게 무엇을 주었나요?

ⓐ seeds   ⓑ gifts

1 그래서 그 새가 아픈 거야. ➜ **That's why ~** : 그것이 ∼한 이유이다. 이유를 말할
때 써요.

2 그녀는 불쌍한 새를 도우면서 몇 주를 보냈다. ➜ **spend + 기간 + 동사 -ing:**
∼하면서/하느라 (기간을) 보내다.

A 다음 질문에 대한 정답으로 퍼즐을 완성하세요.

❶ Who lived in a tree?

❷ Who lived under the ground?

❸ What did Thumbelina tell the mouse children?

B 다음 중 옳은 설명은 T, 틀린 설명은 F에 표시하세요.

❶ The large bug wanted to marry Thumbelina.　T　F

❷ The bug did not let Thumbelina go.　T　F

❸ Thumbelina gave the spider some food.　T　F

❹ Thumbelina slept in the spider's web.　T　F

Answers

A　❶ mouse　❷ mole　❸ stories
B　❶ T　❷ F　❸ F　❹ T

 거미를 가장 잘 설명하는 표현을 고르세요.

(a) Mean
(b) Nice
(c) Strange
(d) Scary

D 다음 문장들을 내용 전개에 맞게 다시 배열하세요.

❶ Thumbelina spent many weeks helping the poor bird.

❷ Thumbelina went into the mouse's home.

❸ One night, a guest visited the mouse.

❹ Thumbelina sat beneath a big tree and cried.

________ ⇨ ________ ⇨ ________ ⇨ ________

Answers

C (b)

D ❹ ⇨ ❷ ⇨ ❸ ⇨ ❶

CHAPTER THREE

A Little Girl Finds Love

작은 소녀, 사랑을 찾다

Soon, the bird got stronger.
"I am glad you helped me,"
the bird said to Thumbelina.
"I am so happy now."

□ **stronger** 더 튼튼한, 더 힘센 (strong의 비교급)
□ **glad** 기쁜, 고마운
□ **smell** 냄새 맡다
□ **cold** 추운

□ **outside** 밖에
□ **still** 여전히
□ **south** 남쪽으로, 남부
□ **leave** 떠나다, 두고 가다

The bird smelled the air.

"It is very cold outside," he said.

"But I can still fly south.

I must leave right now."

The bird thought carefully.

"Thumbelina," he said.

"I don't want to leave you here.

You can come with me.

We can both fly south.

It is much warmer there."[2]

□ **right now** 지금 곧, 당장   □ **both** 둘 다
□ **carefully** 주의 깊게, 신중히   □ **warmer** 더 따뜻한 (warm의 비교급)

1 곧 새는 점점 더 튼튼해졌다. ➔ **get + 비교급**: 점점 ∼하게 되다. 이때 get 대신 become을 써도 돼요.

2 거기가 훨씬 더 따뜻해. ➔ **much**는 원래 '많은'이라는 뜻이지만, 비교급 앞에 오면 '훨씬'이라는 강조의 의미가 돼요.

Thumbelina thought for a moment.

"Okay," she said. "Let's go!"

"Jump on my back," the bird said.

Thumbelina jumped on the bird's back.

- ☐ **for a moment** 잠시 동안
- ☐ **jump** 뛰어오르다, 점프하다
- ☐ **back** 등
- ☐ **change** 변하다, 바뀌다
- ☐ **below** ~ 아래에
- ☐ **at first** 처음에
- ☐ **wet** 젖은
- ☐ **then** 그 다음에, 그 후에
- ☐ **sandy** 모래로 뒤덮인
- ☐ **dry** 마른, 건조한
- ☐ **finally** 마지막에, 마침내
- ☐ **grassy** 풀로 덮인
- ☐ **point at** ~을 가리키다
- ☐ **put** (특정한 장소, 위치에) 놓다

They flew away.

The land below changed as they flew.

At first, the land was cold and wet.[1]

Then, it became sandy and dry.

Finally, Thumbelina saw a warm, grassy place.

The bird pointed at a very tall tree.

"I live in this tree," said the bird.

"I live on the top.

Where do you want me to put you?"

1   처음에 땅은 차갑고 축축했다. → **at first**: 처음에. 순서를 나타낼 때는 first, then, finally 등을 문장 앞에 쓰면 돼요. then 대신 second, third,... 등을 쓰면 구체적인 순서를 말할 수 있어요.

Thumbelina saw a beautiful flower.

It looked like her flower in her mother's house.

"Put me there," she said.

The bird put her in the flower.

"Bye, Thumbelina," he said.

"If you need anything, just call.[1]

I can hear everything from my tree."

"Thank you, bird," she said. "You're very kind."

□ **look like** ~처럼 보이다, 닮다
□ **put** 놓다, 두다 (put-put-put)
□ **need** 필요하다
□ **call** (큰 소리로) 부르다
□ **anything** 무엇, 아무것
□ **everything** 모든 것, 모두
□ **kind** 친절한

□ **look around** 둘러보다
□ **suddenly** 갑자기
□ **appear** 나타나다
□ **same** 같은
□ **size** 크기
□ **handsome** 잘생긴, 멋진
□ **wing** 날개

Thumbelina looked around the flower.

Suddenly, a boy appeared.

He was the same size as Thumbelina.[2]

And he was very handsome.

He had white wings.

1   만약 필요한 게 있으면, 그냥 큰소리로 불러. → **call**: 부르다. call은 이 밖에도 '전
    화하다, ~라고 부르다'라는 뜻이 있답니다.
    ex Call me when you need some help. 도움이 필요하면 나한테 전화해.
    Please call me handsome boy. 나를 '얼짱'이라고 불러 줘.
2   그는 엄지공주와 같은 크기였다. → **the same … as ~**: ~와 같은 …. same 앞
    에 항상 **the**를 쓰는 것 잊지 마세요.

"Wow!" said the boy.

"I've been waiting for you for a long time!

You are a fairy like me." 당신도 나처럼 요정이군요.

"But I don't have wings," said Thumbelina.

"I can take care of that," said the fairy boy.

내가 해결할 수 있어요.

He kissed Thumbelina on her tiny cheek.

Just then, some white wings grew from

Thumbelina's back.  어라, 엄지공주의 등에서 날개가 나왔어.

She moved up and down in the air.

"Wow!" she said. "What a feeling!" 정말 기분 좋다!

"Little fairy girl," said the fairy boy.

"Please stay here forever.

I don't want to feel lonely again. 또 다시 외로워지고 싶지 않아요.

Will you marry me?"

Check Up

요정 소년이 엄지공주에게 **뽀뽀**를 하자 무슨 일이 일어났나요?

ⓐ 엄지공주의 키가 커졌다.

ⓑ 엄지공주에게 날개가 생겼다.

 q :日&

- □ **wait for** ~을 기다리다
- □ **for a long time** 오랫동안
- □ **fairy** 요정
- □ **like** ~처럼
- □ **take care of** ~을 해결하다, 돌보다
- □ **cheek** 뺨, 볼
- □ **just then** 바로 그때, 마침 그때
- □ **grow** 자라다 (grow-grew-grown)
- □ **move** 움직이다
- □ **up and down** 아래위로
- □ **in the air** 공중에서
- □ **feeling** 기분, 느낌
- □ **forever** 영원히
- □ **lonely** 외로운

Thumbelina thought carefully about his question.

She thought about the strange creatures she had met.[1]

Most of them wanted to marry her.

But this boy was not ugly or strange.

He was very kind.

He was a fairy like her.

Thumbelina felt like she was at home.

She wanted to stay there with him.

"Okay, I'll marry you," she said.

- **think about** ~에 대해 생각하다
- **creature** 생물, 동물
- **want to 동사** ~하고 싶다
- **feel like** ~처럼 느끼다
- **hum** 윙윙거리다
- **finally** 마침내, 결국

1   그녀는 만났던 몇몇 이상한 동물들에 대해 생각했다. → **some creatures she had met**: 그녀가 만났던 동물들. (that) she had met이 앞에 있는 **creatures**를 꾸며 주고 있답니다. 한편 'had + 과거분사'는 과거의 한 시점보다 더 앞선 일을 표현해요.

새들이 노래하기 시작했어.

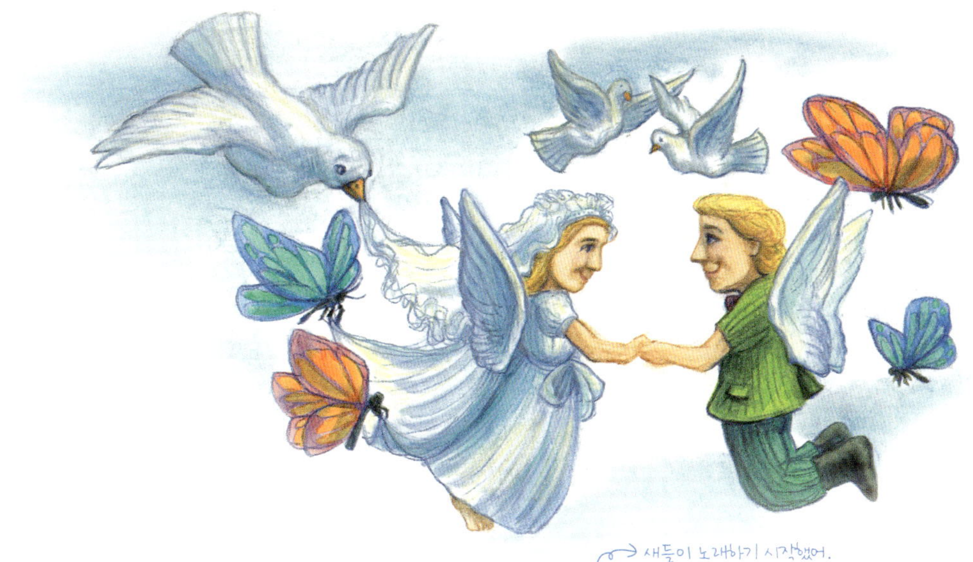

Many birds started singing in the trees.

The bugs started humming, too.

She finally found a home.

마침내 보금자리를 찾았어.

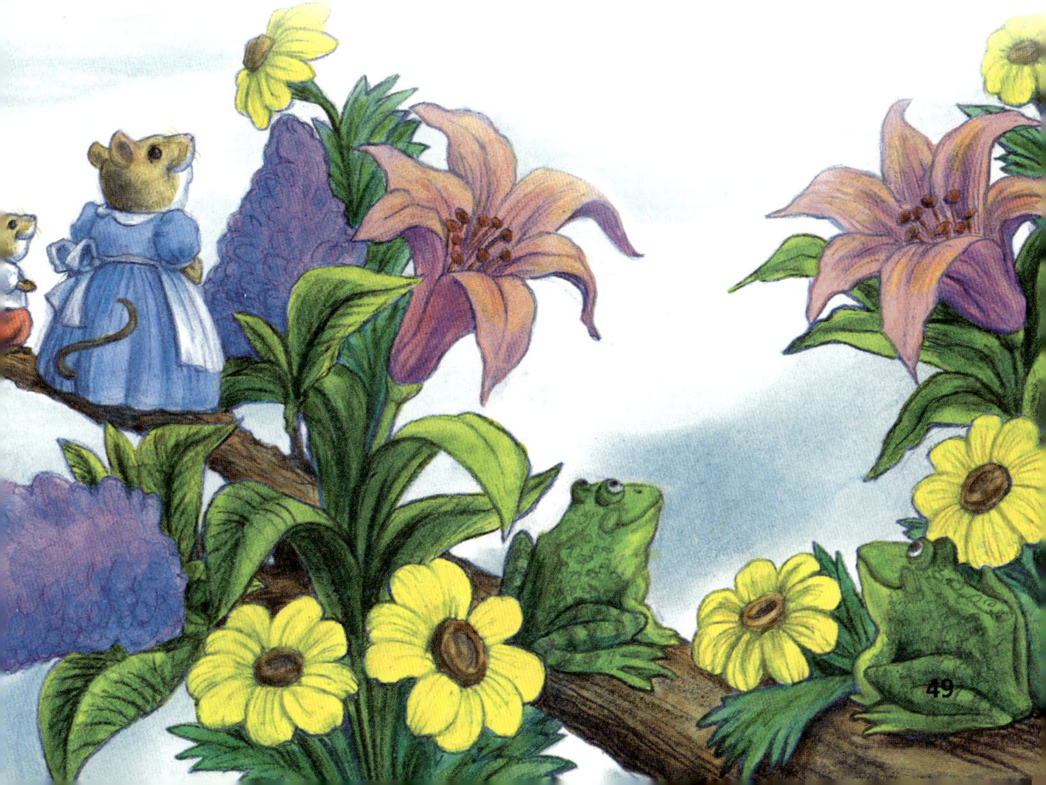

A 요정 소년을 묘사하는 단어를 모두 고르세요.

handsome　　　　　**ugly**

small　　　　　**kind**

strange　　　　　**tall**

B 다음 중 옳은 설명은 T, 틀린 설명은 F에 표시하세요.

❶ The bird got stronger because Thumbelina took care of him.　[T] [F]

❷ Thumbelina must live in a warm place in the winter.　[T] [F]

❸ Thumbelina lived on top of a tall tree.　[T] [F]

❹ The fairy boy was very handsome.　[T] [F]

Answers

A　handsome, small, kind

B　❶ T　　❷ F　　❸ F　　❹ T

등장인물과 대사를 알맞게 짝지으세요.

① •   • (a) "I can take care of that."

② •   • (b) "If you need anything, just call."

③ •   • (c) "What a feeling!"

D 다음 문장들을 내용 전개에 맞게 다시 배열하세요.

① Thumbelina finally found a home.

② Soon, the bird got stronger.

③ The bird put Thumbelina in the flower.

④ Thumbelina and the bird flew away.

______ ⇨ ______ ⇨ ______ ⇨ ______

Answers

C   ① (b)   ② (a)   ③ (c)

D   ② ⇨ ④ ⇨ ③ ⇨ ①

The Ugly Duckling
미운 오리 새끼

Before You Read

행복한 오리 가족에게 태어난 일곱 마리 새끼 오리. 그 중 막내는 형제들과 다르게 생겼어요. 이 미운 오리 새끼의 모험을 함께해 볼까요?

wooden spoon
나무 숟가락

henhouse
닭장

Lay many eggs.
Or else you'll be in big trouble!
알을 많이 낳거라. 안 그러면 혼날 줄 알아!

farm
농장

mad
화난

sharp nail 날카로운 손톱
fur 털

old lady
노부인, 할머니

grass
풀

duck family
오리 가족

tease 놀리다

duckling
오리 새끼

beak
부리

seventh
일곱 번째

different 다른
ugly 못생긴

The seventh
duckling is ugly.
일곱 번째 오리 새끼는 못생겼어.

act 행동하다
swim 수영하다

crack 깨다
come out of
~에서 나오다

point at
~을 가리키다

goose
거위 (복수형 geese)

feather 깃털

egg
알
lay eggs 알을 낳다

gun 총
hunt 사냥하다
closely 유심히
dangerous 위험한
scared 두려운
catch 잡다
run away 도망가다
safe 안전한
Children, take care of this poor bird.
얘들아, 이 가엾은 새를 돌봐 주렴.
take care of ~을 돌보다
farmer 농부
weak 약한
fall asleep 잠들다
You're a beautiful swan.
넌 아름다운 백조야.
You belong with us.
넌 우리 식구야.
pond 연못
go back to ~로 돌아오다
tears 눈물
happiness 행복, 기쁨
land 내려앉다
on top of the water 물 위에
swan 백조
several 여럿의
lucky 운이 좋은
healthy 건강한
strong 강한, 힘센
get bigger 더 커지다
free 자유로운
by himself 혼자서

Why Am I So Ugly?

난 왜 이렇게 못생겼을까?

Once, there was a happy duck family.

They lived on a beautiful farm.

Mother Duck sat on some eggs.

Soon, there would be some ducklings.

One sunny day, the eggs cracked.

Seven ducklings came out of the eggs.

Mother Duck looked closely.

She was confused.

- □ **once** 옛날에, 한때
- □ **farm** 농장
- □ **duckling** 오리 새끼
- □ **sunny** 화창한, 햇살이 내리쬐는
- □ **crack** 갈라지다, 금이 가다
- □ **come out of** ~에서 나오다
- □ **closely** 주의하여, 열심히
- □ **confused** 혼란스러운
- □ **point at** ~을 가리키다, 지적하다
- □ **gray** 회색
- □ **feather** 깃털, 털
- □ **beak** 부리

"I see six pretty baby ducklings.
But why is this one so ugly?"

She pointed at the seventh duckling.
It had gray feathers and a strange, brown beak.

Check Up

미운 오리 새끼의 부리는 무슨 색깔이었나요?

ⓐ gray　　　ⓑ brown

The ugly duckling was very different.

He acted differently.

He swam differently. 헤엄치는 것도 달랐어.

"He is still my baby," Mother Duck thought.

"And I love him as much as the others.[1]"

But the other ducklings were mean.

오리 형제들은 심술궂었어.

Some days, they teased him.

- act 행동하다
- differently 다르게
- still 여전히, 그럼에도 불구하고
- the others 다른 것들, 다른 사람들
- as much as ~만큼, ~못지 않게
- mean 심술궂은, 성질이 나쁜
- tease 놀리다, 장난하다
- look like ~처럼 생기다, 닮다
- laugh 웃다
- often 종종

"You're so ugly!" they teased.

"You look like a frog!" 

The other ducklings laughed.

At night, the ugly duckling often cried.

"Why am I so ugly?" he thought.

"Why do the others look so different?"

Check Up

다른 오리 새끼들은 미운 오리 새끼에게 어떻게 했나요?

ⓐ 미운 오리 새끼를 놀렸다.

ⓑ 미운 오리 새끼를 도왔다.

정답: ⓐ

1   그리고 난 그 애를 다른 아이들만큼 사랑해. → as 형용사 as…: …만큼 ~한.
비교하는 대상과 더도 덜도 아니게 같은 정도임을 나타냅니다.
ex I run as fast as Lisa. 난 리사만큼 빨리 달린다.

One day, the ugly duckling went to a different pond.

He saw some geese.

They looked different than him, too.

<table>
<tr><td>☐ pond 연못</td><td>☐ dangerous 위험한</td></tr>
<tr><td>☐ geese goose(거위)의 복수형</td><td>☐ gun 총</td></tr>
<tr><td>☐ different than ~와 다른 (= different from)</td><td>☐ hunt 사냥하다</td></tr>
<tr><td>☐ one of + 복수형 명사 ~ 중의 하나</td><td>☐ get + 형용사 ~해지다</td></tr>
<tr><td>☐ look like ~처럼 보이다, 닮다</td><td>☐ scared 두려운</td></tr>
<tr><td>☐ leave 떠나다 (leave-left-left)</td><td>☐ run away from ~에서 도망치다</td></tr>
</table>

"Excuse me, goose," he asked one of them.

"Do you know anyone like me?

Do any other birds look like me?"

"No. You're really ugly.

I've never seen an ugly bird like you.[1]

But you should leave here. It is dangerous.

There are men with guns around here.

They are hunting birds."

The duckling's eyes got very big.

He was very scared.

He ran away from there.

Check Up

왜 미운 오리 새끼는 연못에서 도망쳤나요?

ⓐ 총을 든 사람들이 무서웠기 때문에

ⓑ 거위가 그를 귀찮게 했기 때문에

1 너처럼 못생긴 새를 본 적이 없어. ➡ **have + never + 과거분사**: ~한 적이 없다.
어떤 경험이 없다고 할 때 쓸 수 있어요. never 대신 ever가 들어가면 반대로 '~한 적
이 있다'는 의미랍니다.
ex I have ever been to Canada. 난 캐나다에 가 본 적 있다.

One day, he went to a little old lady's house.[1]

The little old lady saw the ugly duckling.

"Hmm," she thought. "That looks like a goose.

I'll catch her. She'll lay many eggs for me."

But the ugly duckling was not a goose.

And the ugly duckling was not a girl.

The lady put the ugly duckling in a henhouse.

"You be a good goose," said the lady.

"Lay many eggs. Or else you'll be in big trouble!"[2]

The ugly duckling tried very hard.

But he couldn't lay any eggs.

□ **old lady** 노부인, 노파

□ **think** 생각하다 (think-thought-thought)

□ **catch** 잡다 (catch-caught-caught)

□ **lay** (알을) 낳다 (lay-laid-laid)

□ **put** 넣다, 두다 (put-put-put)

□ **henhouse** 닭장

□ **be in big trouble** 큰 어려움에 처하다

□ **try hard** 열심히 노력하다

---

1 어느 날, 미운 오리 새끼는 한 작은 할머니의 집에 갔다. → **old lady:** 할머니, 노파. grandmother는 친척 할머니에게만 쓴답니다.

2 알을 많이 낳거라. 그렇지 않으면 혼날 줄 알아! → **명령문. Or ~:** ~해라. 그렇지 않으면 ~할 것이다. 여기서 or는 '또는'이 아니라 '그렇지 않으면'의 뜻이랍니다.

ex Hurry up! Or you'll be late. 서두르렴! 안 그러면 지각할 거야.

A big, mean cat lived nearby.

"You're in big trouble," the cat said.

"The old lady's really mad.

You're a terrible goose."

"But I don't think I am a goose," said the duckling.

"Then what are you?" the cat asked.

The ugly duckling answered,

"I don't know. Maybe I'm a cat, too."

"Do you have fur on your back? 너 등에 털 있어?

Do you have sharp nails?" the cat asked.

"No," said the duckling.

"Then you're not a cat."

One night, the old lady came to the henhouse.

"Where are my eggs, you silly goose?"

She had a large wooden spoon.

"You'd better lay some eggs.[1]

Or else I'm going to hit you."

□ **mean** 못된	□ **nail** 발톱, 손톱
□ **nearby** 근처에	□ **silly** 어리석은, 바보 같은
□ **mad** 화난	□ **wooden** 나무로 된, 목재의
□ **terrible** 형편없는	□ **'d(= had) better** ~하는 것이 좋겠다
□ **maybe** 아마도	□ **or else** 그렇지 않으면
□ **fur** 털, 모피	□ **be going to 동사** ~할 것이다
□ **sharp** 날카로운, 뾰족한	□ **hit** 때리다, 치다 (hit-hit-hit)

1 알을 낳는 것이 좋을 걸. → **had better + 동사**: ~하는 게 좋겠다. 강하게 충고나 명령하는 느낌을 담고 있는 표현이에요. 줄여서 **'d better**로도 흔히 써요.

The ugly duckling was very scared.

"I should leave this henhouse." 이 닭장에서 나가야겠어.

One night, the ugly duckling was lucky.

The old woman left the door open a little.

The duckling ran out the door.

He kept running all night.

In the morning, the duckling was very tired. 미운 오리 새끼는 밤새 뛰었어.

But he was safe.

"Phew!" he said. "That was close."[1]

The duckling was glad because he was safe. 무사해서 다행이었지.

But he was lonely.

No one wanted to be his friend. 아무도 그의 친구가 되려 하지 않았어.

☐ **scared** 무서워하는, 겁나는	☐ **safe** 안전한
☐ **lucky** 운이 좋은, 행운의	☐ **phew** 〈감탄사〉 휴, 후유
☐ **leave A 형용사** A를 ~한 채로 두다	☐ **close** 아슬아슬한
☐ **keep 동사-ing** 계속해서 ~하다 (keep-kept-kept)	☐ **glad** 기쁜
☐ **all night** 밤새	☐ **lonley** 외로운

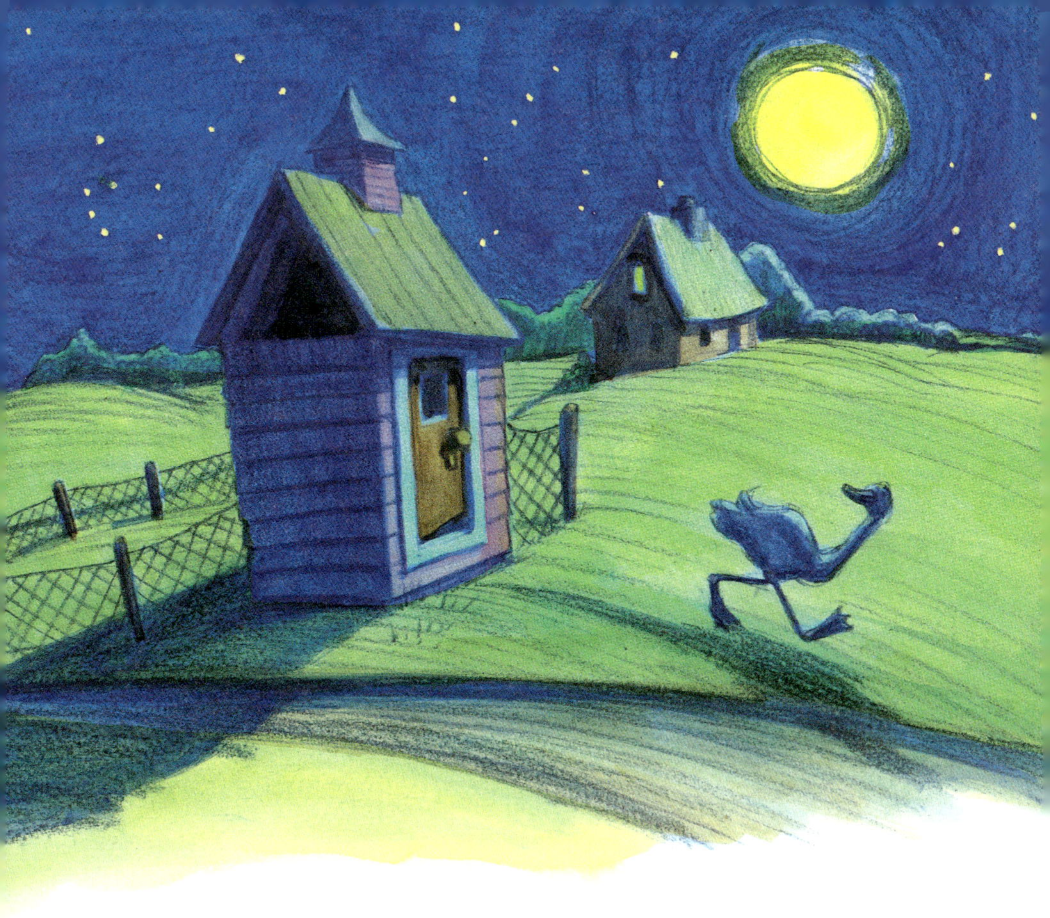

Check Up

미운 오리 새끼는 어떻게 닭장에서 나왔나요?

ⓐ 할머니가 문을 열어 놓아서 뛰쳐나왔다.

ⓑ 할머니가 문 밖으로 던졌다.

정답 : a

1 정말 아슬아슬했어. → close는 여기서 '가까운'이 아니라 '아슬아슬한'의 뜻이에요. 회화에서 흔히 Close call!이라고도 말하는데, '아슬아슬했어!'라는 의미랍니다.

"I'll just stay in this pond forever," he thought.

"No one wants to be my friend.

I can stay here and eat a lot.

There's a lot to eat."

The duckling stayed by himself in that pond.[1]

He was there for many months.

He ate lots of food.

He got a lot bigger.

- ☐ **stay** 머무르다
- ☐ **forever** 영원히
- ☐ **a lot** 많이, 많은
- ☐ **by oneself** 혼자
- ☐ **look up** 올려다보다
- ☐ **above** ~보다 위에, 위로
- ☐ **up in the sky** 하늘 위에, 상공에
- ☐ **strong** 튼튼한, 강한
- ☐ **free** 자유로운
- ☐ **wish** 바라다

One day, he looked up.

He saw some beautiful white birds flying above him.

They were high up in the sky. 하늘 높이 있었어.

They looked strong and free.

The duckling wished he were beautiful, too.[2]

1   미운 오리 새끼는 그 연못에 홀로 머물렀다. ➜ **by oneself**: 혼자서, 홀로. 인칭에 따라 by myself, by yourself, by herself, by themselves 등으로 써요.

2   미운 오리 새끼는 자신도 아름다우면 좋겠다고 생각했다. ➜ **I wish~**: ~하면 좋을 텐데. 이루지 못하는 소망을 말할 때 쓰는 표현이에요. I wish 다음에는 '주어 + 동사'가 나오는데, 이때 동사는 과거형 또는 과거완료형을 쓴답니다.

Comprehension Quiz

A 미운 오리 새끼를 묘사하는 표현을 모두 고르세요.

different　　　　　　　　**cute**

strange　　　　　　　　**green**

beautiful　　　　　　　　**gray**

B 다음 중 옳은 설명은 T, 틀린 설명은 F에 표시하세요.

1. Six pretty ducklings were born.　　T　F

2. The ugly duckling had gray feathers and a strange, brown beak.　　T　F

3. The ugly duckling was a cat.　　T　F

4. The ugly duckling was mean to the other ducklings.　　T　F

Answers

A　different, strange, gray

B　1 T　　2 T　　3 F　　4 F

C 할머니를 가장 잘 설명하는 표현을 고르세요.

(a) Mean
(b) Nice
(c) Kind
(d) Helpful

D 다음 문장들을 내용 전개에 맞게 다시 배열하세요.

❶ The ugly duckling ran away from the henhouse.

❷ One day, he went to a little old lady's house.

❸ The ugly duckling tried to lay eggs.

❹ The ugly duckling went to a different pond.

______ ⇨ ______ ⇨ ______ ⇨ ______

Answers

C (a)

D ❹ ⇨ ❷ ⇨ ❸ ⇨ ❶

CHAPTER TWO

Tears of Happiness

기쁨의 눈물

Soon, the weather became cold.

날씨가 추워졌어.

It was winter.[1]

Life was very difficult. *사는 게 정말 힘들었어.*

The duckling could not find much food.

He was too cold. He was too weak.

He swam to land. *뭍으로 헤엄쳐 나왔어.*

He fell asleep in some grass.

- □ **weather** 날씨
- □ **difficult** 어려운, 힘든
- □ **too** 너무
- □ **weak** 약한, 힘없는
- □ **fall asleep** 잠들다 (fall-fell-fallen)
- □ **luckily** 운 좋게
- □ **farmer** 농부
- □ **come along** 오다, 나타나다
- □ **bring back** 데리고 돌아오다 (bring-brought-brought)
- □ **farm** 농장, 농가
- □ **give** 주다 (give-gave-given)
- □ **take care of** ~을 돌보다, 보살피다

Luckily, a nice farmer came along.

He saw the poor duckling.

He brought him back to his farm.

He gave the duckling to his two children.

"Children, take care of this poor bird.

He is so weak. He can't eat or swim."

Check Up

누가 미운 오리 새끼를 발견했나요?

ⓐ 마음씨 좋은 농부

ⓑ 몇몇 백조들

답 : ⓐ

1　겨울이었다. ➡ 계절, 날짜, 시간, 날씨 등을 말할 때 주어로 it을 써요. 이때의 it은 '그것은'이라고 해석하지 않아요.
ex　It's sunny. 화창하다.
It's Monday. 월요일이다.

The children were very nice, too.

Every day, the nice children brought lots of food.

☐ **bring** 가져오다
  (bring-brought-brought)
☐ **stronger** 더 힘센 (strong의 비교급)
☐ **healthy** 건강한
☐ **go back to** ~로 돌아가다

☐ **say goodbye** 작별인사 하다
☐ **miss** 그리워하다
☐ **a little** 약간, 조금
☐ **know** 알다, 알고 있다
  (know-knew-known)

The food made him stronger.

When spring came, he was very healthy.

봄이 되니 아주 건강해졌어.

He was also very big.

우리 농장에 살기에는 너무 크구나.

"You're too big for my farm now," said the farmer.

"I think you must go back to the pond."

The children and the nice farmer said goodbye.

"We'll miss you." 네가 보고 싶을 거야.

The children cried a little.

They wanted him to stay on the farm.[1]

But they knew he was too big.

1 그들은 미운 오리 새끼가 농장에 머물기를 원했다. **→ want + A + to 동사**: A 가 ~하기를 원하다. 'want to 동사'는 '~하고 싶다'의 뜻인데, 바로 앞에 목적어가 나 오면 그 목적어가 'to 동사' 즉 'to부정사'의 행동 주체가 돼요.
ex I want you to leave now. 난 네가 지금 떠나길 원해.

The ugly duckling returned to the pond.

He looked at the water.

He could see his face on top of the water.

"Wow!" he thought. "I look so different now!

I don't look like a duckling at all."[1]

He had beautiful white feathers.

He had a long yellow beak.

He looked up at the sky.

Again, he saw some white birds.

They were the same ones he saw the year before.

They flew down and landed on the water near him.

He swam over to them.

□ **return** 돌아오다
□ **on top of** ~ 위에
□ **not ~ at all** 전혀 ~가 아닌
□ **feather** 깃털
□ **beak** 부리

□ **look up** 올려다 보다
□ **again** 다시, 또
□ **the year before** 전 해, 작년
□ **land** 내려앉다, 착륙하다
□ **near** 가까이에

1 나는 전혀 오리 새끼로 보이지 않아. ➜ **at all:** 전혀. 흔히 not 등의 부정하는 말과 함께 '전혀 ~하지 않다'는 뜻으로 쓰여요.
   ex He does not know her at all. 그는 그녀를 전혀 모른다.

excuse me 실례합니다
several 몇몇의, 각각의
swan 백조
strange 이상한
question 질문

belong with ~와 관계가 있다
point at ~을 가리키다
start to 동사 ~하기 시작하다
tear 눈물, 울음
happiness 행복, 기쁨

So the ugly duckling became the beautiful swan.

Many people came to the pond to look at him.

One day, a little boy pointed at him and said,

"He's the most beautiful swan in the world."

The big white bird was so happy.

He started to cry.

They were tears of happiness.

A 다음 문제의 정답으로 퍼즐을 완성하세요.

❶ What did the duckling become?

❷ What did the duckling look at to see his face?

❸ Who brought the duckling home to take care of him?

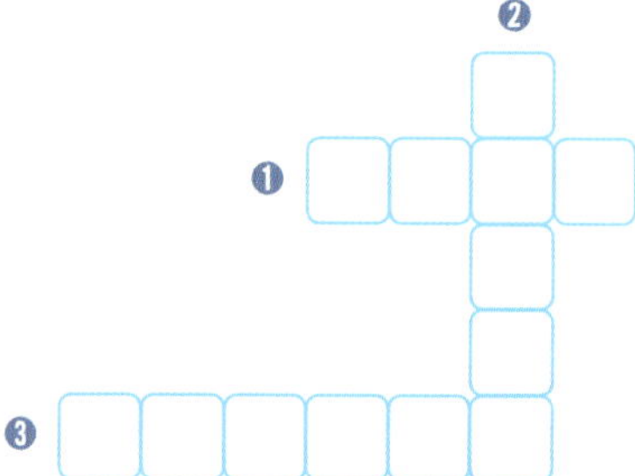

B 다음 중 옳은 설명은 T, 틀린 설명은 F에 표시하세요.

❶ The ugly duckling didn't like swans.　　T　F

❷ The ugly duckling stayed on the farm forever.　　T　F

❸ The ugly duckling became weak in the winter.　　T　F

❹ The ugly duckling grew too big for the farm.　　T　F

Answers

A　❶ swan　❷ water　❸ farmer

B　❶ F　❷ F　❸ T　❹ T

C 농부를 가장 잘 설명하는 표현을 고르세요.

(a) Lazy

(b) Strange

(c) Nice

(d) Mean

D 다음 문장들을 내용 전개에 맞게 다시 배열하세요.

❶ Soon, the weather became cold.

❷ Many people came to the pond to look at the swan.

❸ Luckily, a nice farmer came along.

❹ The children and the nice farmer said goodbye.

_______ ⇨ _______ ⇨ _______ ⇨ _______

Answers

C (c)

D ❶ ⇨ ❸ ⇨ ❹ ⇨ ❷

권말부록

독해 길잡이 | 리스닝 길잡이

독해 길잡이

He runs (very fast).
그는 달린다 (아주 빨리)

It is raining .
비가 오고 있다

This is a cat .
이것은 이다 고양이 한 마리

The cat is very big .
그 고양이는 이다 아주 큰

"영문의 골격은 생각보다 간단하다"
모든 영어 문장은 주어와 동사로 이루어져 있습니다. 문장이 아무리 길고 복잡해도 그 뼈대는 [주어+동사]이며, [보어]와 [목적어]는 주어와 동사를 보강해 주는 역할을 하죠. 나머지 수식어나 수식절, 부사 등은 모두 기본문장을 꾸미는 엑스트라라고 생각하면 영문을 읽기가 한결 쉬워질 것입니다.

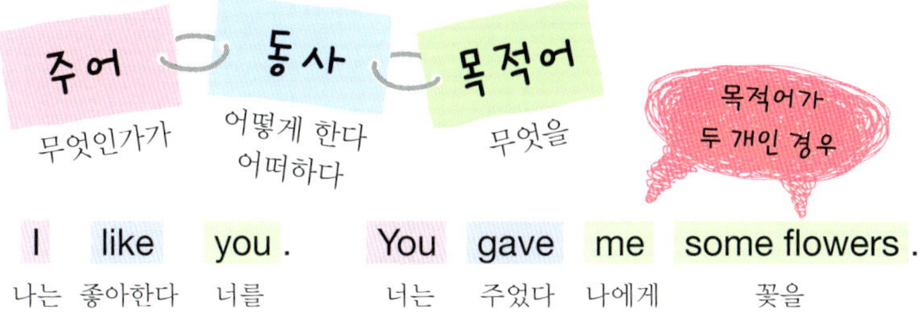
주어   동사   목적어   목적어가 두 개인 경우
무엇인가가   어떻게 한다   무엇을
            어떠하다

I like you .   You gave me some flowers .
나는 좋아한다 너를   너는 주었다 나에게   꽃을

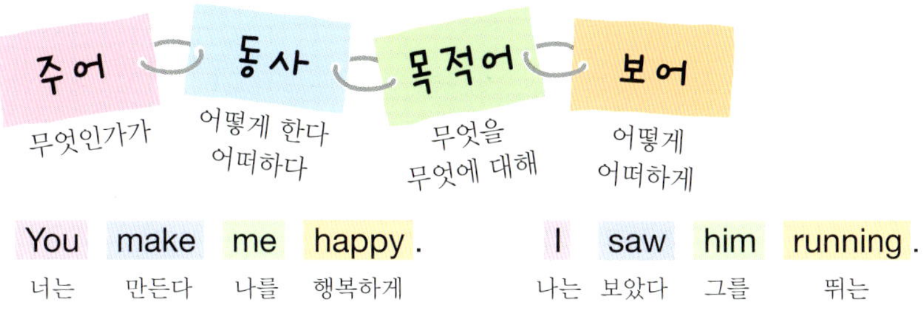
주어   동사   목적어   보어
무엇인가가   어떻게 한다   무엇을   어떻게
            어떠하다   무엇에 대해   어떠하게

You make me happy .   I saw him running .
너는 만든다 나를 행복하게   나는 보았다 그를   뛰는

Long ago, a woman had no children.
옛날에　　한 여인이　　가졌다　하나도 없는 아이들을

This made her feel very sad.
이것이　~하게 하다　그녀를　느끼다　매우 슬프게

She wanted children, but none ever came.
그녀는　원했다　아이들을　그러나 아무도 ~않다　한번도　왔다

She went to see a witch.
그녀는　왔다　마녀를 보기 위해

"Witch," she said.
"마녀님"　그녀가　말했다

"I want to have a baby. But I can't."
나는 ~하고 싶어요　아이 가지는 것을　그러나　나는　할 수 없어요

The witch thought about her problem.
마녀는　생각했다　~에 대해　그녀의 문제

"Here's a magic seed," she said.
"여기에 있단다　마법 씨앗이"　그녀가　말했다

"Take it home. Plant and water it.
"가져가라　그것을　집에　심어라　그리고　물 주어라　그것에"

Talk to it nicely. Give it lots of love."
말해라 그것에게 상냥하게　주어라　그것에게　많은 사랑을

The woman planted and watered the seed.
그 여자는　심었다　그리고 물을 주었다　그 씨앗에

The next day, a small flower was there.
다음날　하나의 작은 꽃이　있었다　거기에

But the flower was closed.
그러나　그 꽃은　있었다　다물고

The ugly duckling was very scared .
미운 오리 새끼가 ~이었다 매우 두려운

" I should leave this henhouse."
"나는 ~해야 한다 떠나다 이 닭장을"

One night, the ugly duckling was lucky .
어느 날 미운 오리 새끼는 ~이었다 운이 좋은

The old woman left the door open a little.
그 노파는 ~한 채 두다 문을 연 약간

The duckling ran out the door.
미운 오리 새끼는 뛰었다 문 밖으로

He kept running all night.
그는 계속했다 뛰는 것을 밤새

In the morning, the duckling was very tired .
아침에 미운 오리 새끼는 ~이었다 매우 피곤한

But he was safe .
하지만 그는 ~이었다 안전한

"Phew!" he said. " That was close ."
"휴!" 그가 말했다 "그것은 ~이었다 아슬아슬한"

The duckling was glad because he was safe.
미운 오리 새끼는 ~이었다 기쁜 그가 안전했기 때문에

But he was lonely .
하지만 그는 ~이었다 외로운

No one wanted to be his friend .
아무도 아닌 원했다 그와 친구하기를

" I 'll just stay in this pond forever," he thought .
난 ~할 거다 그냥 머물다 이 연못에 영원히 그가 생각했다

리스닝 길잡이

이제는 CD를 가지고 〈엄지공주 / 미운 오리 새끼〉를 귀로 즐겨 봅시다. 영문을 들을 때는 아래의 듣기 요령과 함께 영어의 특징적인 발음 현상 몇 가지만 알고 있으면 훨씬 쉽게 알아들을 수 있습니다.

첫째 영어의 리듬을 타세요.

우리말은 각 글자가 모두 한 박자씩이라면 영어는 절대 그렇지 않습니다. 영어는 발음이 강한 부분과 약한 부분이 연속되면서 리듬을 만들어 냅니다. 즉 단어마다 있는 강세가 문장의 강세가 되어 각 문장마다 고유한 리듬을 만들어 나가게 되는 것입니다. 따라서 영어를 말하거나 들을 때 영어의 리듬을 타는 것은 필수적입니다. 이 리듬이 몸에 익으려면 연습이 많이 필요합니다. 우선 각 단어의 강세가 어디에 있는지 파악하는 것부터 시작합시다.

둘째 강하게 들리는 말 위주로 들으세요.

영어에서는 의미를 전달하는 데 중요한 역할을 하는 단어나 표현을 강하게 발음합니다. 따라서 크게 들리는 말부터 신경 쓰세요. 영어를 처음 들을 때는 모든 단어를 다 듣는 것보다는 자기가 듣는 말이 무슨 의미인지 파악하는 것이 우선입니다. 작게 들리는 말은 대부분 관사나 조동사 등 전체 내용에서 주요한 역할을 하지 못하는 것입니다. 지금 단계에서는 무시하셔도 좋습니다.

셋째 이어지는 말에 주의하세요.

영어는 눈으로 볼 때는 단어들이 각각 떨어져 있어 문제 없지만 들을 때는 사정이 달라집니다. 우리말과 마찬가지로 영어도 앞뒤 단어의 음이 합쳐지는 경우가 많습니다. 예를 들어 '옷을 벗다'의 의미인 take off는 [테이크 어프]가 아니라 [테이커프]처럼 한 단어같이 들리게 됩니다. 이런 것을 '연음 현상'이라고 하지요.

★ 이제 영어 리스닝에서 주의해야 할 매우 기초적인 사항을 알게 되었습니다.

나도 미국인 성우! 섀도잉 하기

이번에는 영어를 들으면서 한 가지 재미있는 연습을 해봅시다.

섀도잉(shadowing)이라는 것입니다. shadow가 '그림자'란 의미이죠?

이 단어가 동사로는 '그림자처럼 따라다니다'라는 뜻으로 쓰입니다.

바로 테이프에서 성우가 하는 말을 몇 박자 뒤에 그대로 따라하는 것이지요.

성우가 말하는 속도, 그리고 힘을 주는 부분, 약하게 읽는 부분, 말을 멈추는 부분을

앵무새처럼 똑같이 따라해 보세요.

자기도 모르는 사이에 영어 말하기와 듣기 실력이 쑥쑥 늘어날 것입니다.

이 방법은 전문가들 사이에서도 효과가 입증되어 있답니다.

물론 각각의 어구와 문장들이 무슨 뜻인지 생각하면서 읽으셔야겠죠.

자기가 따라할 수 있는 부분까지 듣고 CD를 멈춘다.
그리고 큰 소리로 따라한다.

자기가 따라할 수있는 부분까지 듣고 큰 소리로 따라한다.
소리내어 말하는 동시에 CD에서 나오는 소리를 들으며 돌림노래 부르듯
따라한다.

1, 2단계 때보다 조금씩 더 많이 들으며 섀도잉한다.

즐거운 리스닝 연습

CHAPTER ONE : page 12

Long ago, a woman had no children. This (❶) feel very sad. She wanted children, but none ever came. She (❷) see a witch. "Witch," she said. "I want to (❸) baby. But I can't." The witch thought about her problem.

❶ **made her** [메이더r] her은 약하거나 빠르게 발음될 때면 앞의 h가 거의 들리지 않거나 아예 소리나지 않아요. 그래서 앞에 있는 단어와 흔히 연음돼요. 여기서도 made의 /d/와 her이 연음되었어요.

❷ **went to** [웬투] 영어에서는 같은 음이 2개 연속 이어지면 한번만 발음해요. 여기서 went to도 [웬트 투]가 아니라 [웬투]처럼 소리내야 자연스러워요.

❸ **have a** [해버] have의 /v/음과 a가 연음되어 [해버]처럼 발음돼요. have a는 흔히 이어지는 단어들이니 발음도 한 단어처럼 익혀두세요.

CHAPTER TWO : page 24

In the morning, Thumbelina slowly (❶) her eyes. She was (❷). A large bug was flying through the air (❸)

Thumbelina. He was holding the girl with his feet. "I love you, Thumbelina," he said. "I want to marry you!"

❶ **opened** [어픈ㄷ] open은 1음절을 강하게 발음해요. 영어에서는 발음도 중요하지만 강세를 잘 지키는 것 또한 매우 중요해요. 살짝 과장되게 발음하는 것이 더 영어 발음에 가깝답니다.

❶ **surprised again** [써r프**롸**이ㅈ더겐] surprised의 마지막 /d/와 again이 연음 돼요. again은 두 번째 a에 강세가 있어요. 이런 경우 앞에 있는 모음은 매우 약하게 발음될 수 있어요. [으**겐**]으로 발음되기도 해요.

❶ **with** [윋] with는 '위드'보다는 [윋]처럼 발음해야 자연스러워요.

CHAPTER THREE : page 40-41

Soon, the bird got stronger. "I am glad you (❶)," the bird said to Thumbelina. "I am so happy now." The bird (❷) air. "It is very cold outside," he said. "But I can (❸) fly south. I must leave right now." The bird thought carefully.

❶ helped me [헬(프)ㅌ미] helped me는 두 단어가 이어지면서 4개의 자음이 이어져요. /l/, /p/, /t/, /m/인데요. 이런 경우 중간 자음을 발음하지 않기도 해요. 여기서는 /p/음이 흔히 생략돼요.

❷ smelled the [ㅅ멜디] smelled의 마지막 /d/음과 the의 /ð/가 이어지면서 한 번에 발음돼요. 같은 자음이 2개 연속되는 경우와 마찬가지로, 비슷한 음이 이어져도 한번에 발음하는 현상이 일어나요.

❸ still [ㅅ띨] s 다음에 p, t, k음이 이어지면 된소리로 발음하는 경향이 있어요.

The Ugly Duckling

CHAPTER ONE : page 56

Once, there was a happy duck family. They lived on a beautiful farm. Mother Duck sat on some eggs. Soon, there (❶) be some ducklings. One sunny day, the eggs cracked. Seven ducklings came (❷) the eggs.

❶ would [욷, 웃] would와 같은 조동사는 제 음가대로 발음되는 경우가 거의 없어요. 문장의 뜻에 핵심적인 영향을 미치는 단어가 아니기 때문이죠. 보통 /웃/이나 /운/으로 약하고 빠르게 지나가듯 발음해요.

❷ out of [아웃 어ㅂ / 아우러ㅂ] 여기서처럼 한 단어씩 분명하게 말하는 경우를 제외하고, 미국영어에서는 모음 사이에 있는 t는 보통 /r/로 발음돼요. 여기서는 out 의 마지막 t가 뒤에 나오는 of와 이어져 발음되면서 t가 모음 사이에 끼게 되었어요.

Soon, the weather became (❶). It was winter. Life was very difficult. The duckling could not find much food. He was too cold. He was too weak. He swam to land. He (❷) in some grass. Luckily, a nice farmer came along.

❶ **cold** [코울ㄷ] cold는 '콜드'가 아니에요. o는 /ou/음으로 발음해야 해요. 이중모음을 제대로 발음하지 않는 경우가 많은데, 되도록 정확히 해줘야 영어가 더욱 유창하게 들려요.

❷ **fell asleep** [f펠러슬맆] 두 단어가 연음되면서 fell의 /l/과 asleep의 /ə/가 이어져서 발음돼요. 이렇게 흔히 연음되는 표현들은 발음도 잘 익혀두세요.

Listening Comprehension

A 다음을 듣고, 맞는 단어를 고르세요.

① She fell asleep in the tall (grass / glass) near the pond.

② Thumbelina spent many weeks (waking / walking).

③ Many (birds / bards) started singing in the trees.

④ She pointed at the (seven / seventh) duckling.

⑤ He kept running all (night / right).

B 다음을 듣고, 빈칸을 채운 후, 올바른 설명은 T, 틀린 설명은 F에 표시하세요.

① Thumbelina _______ on the _______.　　T　F

② The mouse _______ with its family _______ the ground.　　T　F

③ Thumbelina wanted to _______ in a cold place.　　T　F

④ The _______ ducklings were nice.　　T　F

⑤ The ugly duckling was _______ a goose.　　T　F

....

Answers

A　① grass　② walking　③ birds　④ seventh　⑤ night

B　① Thumbelina <u>floated</u> on the <u>flower</u>. (T)

　　② The mouse <u>lived</u> with its family <u>under</u> the ground. (F)

　　③ Thumbelina wanted to <u>live</u> in a cold place. (F)

　　④ The <u>other</u> ducklings were nice. (F)

　　⑤ The ugly duckling was <u>not</u> a goose. (T)

C 다음 질문을 듣고, 맞는 답을 고르세요.

❶ _______________________________?

(a) Because she didn't have any money.

(b) Because she didn't have any children.

(c) Because she had too many children.

❷ _______________________________?

(a) Because she was so ugly.

(b) Because she had no money.

(c) Because she was so different.

❸ _______________________________?

(a) Lay eggs.

(b) Find friends.

(c) Talk to her cat.

❹ _______________________________?

(a) An old lady.

(b) A mean cat.

(c) A nice farmer.

Answers

C　❶ Why was the woman sad? (b)
　　❷ Why did the bug son not marry Thumbelina? (c)
　　❸ What did the old lady want the ugly duckling to do?　(a)
　　❹ Who helped the ugly duckling? (d)

전문 번역

 엄지공주

[제 1 장] 작은 소녀, 태어나다

p. 12-13　　옛날 옛적에, 한 여인에게 아이가 없었다. 이 사실은 그녀를 매우 슬프게 했다. 그녀는 아이를 원했지만 자식이 한 명도 생기지 않았다. 그녀는 마녀를 찾아 갔다. "마녀님." 그녀가 말했다. "나는 아기를 갖고 싶어요. 하지만 가질 수가 없어요." 마녀는 그녀의 고민에 대해 생각했다. "여기 마법 씨앗이 있어요." 그녀가 말했다. "집에 가져가요. 그것을 심고 물을 주세요. 그것에 대고 상냥하게 이야기를 해주고요. 사랑도 많이 주어요." 여인은 씨를 심고 물을 주었다. 그 다음 날, 거기에 작은 꽃 한 송이가 피었다. 하지만 꽃은 입을 다물고 있었다.

p. 14-15　　여인은 꽃에 살며시 입맞춤했다. 곧바로 꽃이 피었다. 그 안에, 아주 작은 소녀가 있었다. 그녀는 아주 작은 견과껍질 침대에 누워 있었다. "와!" 여인이 말했다 "엄지손가락만하네! 이 애를 엄지공주라고 부를 거야. 내 딸로 삼겠어." 엄지공주는 엄마와 함께 집에 살았다. 엄지공주의 엄마는 그녀에게 놀 장소를 마련해 주었다. 그녀는 그릇에 물을 좀 부었다. 물 위에는 꽃 한 송이를 띄웠다. 엄지공주는 그 꽃 위에서 떠다녔다. 그녀는 그 작은 연못이 좋았다. 그녀는 물 위에 떠다니며 노래를 불렀다.

p. 16-17　　어느 날 밤, 엄지공주의 엄마는 창문을 열어 두었다. 그 창문은 엄지공주 옆에 있었다. 한 어미 개구리가 창틀로 뛰어올랐다. 어미 개구리는 내려다보았고 엄지공주가 자고 있는 것을 보았다. "정말 아름다운 소녀구나." 어미 개구리가 말했다. "내 아들과 결혼할 수도 있겠어!" 그 어미 개구리는 엄지공주를 들어올렸다. 그녀는 정원으로 폴짝 뛰어나갔다. 아침에 엄지공주는 천천히 눈을 떴다. 그녀는 매우 놀랐다.

p. 18-19　　엄지공주는 크고, 뚱뚱하고, 못생긴 개구리 한 마리가 그녀를 쳐다보는 것을 보았다. 개구리는 그녀에게 미소 지었다. "나는 개구리 아들이요."라고 개구리가 말했다. "나는 당신과 결혼할 것이요." '아, 안 돼.' 엄지공주는 생각했다. '나는 그와 결혼할 수 없어! 너무 못생겼잖아! 또 이상한 것도 같아.' "나는 파리를 찾으러 가겠소." 개구리 아들이 말했다. "우리 결혼식 밤에 먹읍시다." 개구리는 물에 뛰어들어 헤엄쳐 갔다. 엄지공주는 주위를 둘러보았다. 그녀는 거대한 연못 한가운데에 있었다. 그녀는 작은 나뭇잎 위에 앉아 있었다. 그녀는 도망가고 싶었지만 그럴 수 없었다.

p. 20-21　　엄지공주는 울기 시작했다. 나비 한 마리가 나타났다. 그 나비는 작은 나뭇잎 위에 있는 가엾은 엄지공주를 보았다. 나비가 엄지공주에게 말했다. "작은 소녀야, 네 작은 벨트의 끝자락을 나에게 던지렴." 엄지공주는 자신의 벨트를 풀었다. 그녀는 한쪽 끝을 나비에게 던졌다. 나비는 입으로 그 벨트를 움켜잡았다. 나비는 재빠르게 날기 시작했다. 나비는 엄지공주를 뭍으로 끌어당겼다.

p. 24 아침에 엄지공주는 천천히 눈을 떴다. 그녀는 또다시 놀랐다. 커다란 벌레 한 마리가 엄지공주와 함께 공중을 날고 있었다. 그 벌레는 자신의 두 발로 엄지공주를 잡고 있었다. "사랑해, 엄지공주." 벌레가 말했다. "너와 결혼하고 싶어!" "아, 안 돼!" 엄지공주가 말했다. "왜 이상한 생물들이 나를 사랑하지? 난 그냥 혼자 있고 싶다고!"

p. 26-27 벌레는 엄지공주를 자기 엄마에게 데리고 갔다. "벌레 엄마, 애가 예쁘다고 생각하지 않으세요? 난 그녀와 결혼하고 싶어요." "그래, 예쁘구나." 어미벌레가 말했다. "하지만 그녀는 너무 다르구나. 너무 다른 누군가와 결혼해서는 안 돼. 상냥한 벌레 소녀를 찾지 그러니?" 벌레는 슬퍼 보였다. 그 벌레는 엄마의 말에 대해 생각했다. "엄마 말씀이 맞아요. 그녀를 놓아 주어야겠어요." 벌레는 다시 엄지공주를 들어올렸다. 벌레는 그녀를 땅으로 다시 데려다 주었다. 그녀는 또다시 혼자가 되었다.

p. 28-29 엄지공주는 몇 주일째 걸었다. 그녀는 배고프고 외로워졌다. 어느 날, 그녀는 커다란 거미 한 마리를 만났다. "안녕, 작은 소녀." 거미가 말했다. "무슨 문제 있니? 넌 지치고 외로워 보이는구나." "맞아." 엄지공주가 말했다. "나는 오랫동안 숲 속을 걸어 다녔어. 그리고 정말로 배가 고파." 거미는 그녀에게 먹을 낟알을 조금 주었다. 그녀는 재빨리 세 개의 낟알을 먹었다. 거미는 엄지공주를 자신의 거미줄에 데려갔다. 그녀는 금세 잠이 들었고 이틀 동안 잠을 잤다. 깨어나자 그녀는 기분이 매우 좋았다. 그녀는 거미에게 작별 인사를 하고 계속해서 걸었다.

p. 30-31 엄지공주는 계속 걸으면서 슬펐다. 그녀는 큰 나무 밑에 앉아서 울었다. 작은 쥐가 그 나무에 살았다. 작은 쥐는 밖을 내다보고 불쌍한 소녀가 울고 있는 것을 보았다. "작은 소녀야, 작은 소녀야." 쥐가 말했다. "무슨 일이니? 내 집으로 들어오렴." "고마워, 쥐야." 그녀가 말했다. 엄지공주는 쥐의 집으로 들어갔다. 쥐는 나무 속에서 가족과 살았다. 매우 좋은 곳이었다. 엄지공주는 좋은 음식을 먹었다. 그녀는 그 가족과 몇 주일을 보냈다. 그녀는 어린 쥐들에게 재미있는 이야기들을 들려 주었다.

p. 32 어느 날 밤, 손님이 쥐를 찾아왔다. 웃기게 생긴 두더지였다. 그 두더지는 좋은 옷을 입고 모자를 썼다. 엄지공주, 두더지, 쥐들은 저녁을 먹었다. 두더지는 저녁 식사 내내 말을 많이 했다. 그는 자신이 얼마나 똑똑한지에 관해 얘기했다. 그는 자신이 많은 돈을 가지고 있다고 했다. 두더지는 또한 엄지공주에게 자신에게 큰 문제가 있다고 말했다. "나는 잘 보이지가 않아." 두더지가 말했다. "나를 도와줄 누군가가 필요해. 우리집에서 사는 게 어떻겠니, 엄지공주? 날 위해 요리하고 청소를 해줘. 네가 한 일에 대해 돈을 지불할게."

p. 34-35 엄지공주는 두더지가 불쌍했다. 그들은 두더지의 집으로 갔다. 그것은 땅 아래에 있었다. 그 집은 매우 좋았다. 엄지공주는 요리하고 청소했다. 어느 날, 두더지가 말했다. "산책 가자. 넌 나와 함께 가야 해. 만약 네가 가지 않으면, 나는 코를 부딪히게 될 거야." 그들은 땅 밑에 난 길을 따라 걸었다. 곧 그들은 아름다운 흰 새를 보았다. 그 새는 무척 아파 보였다.

p. 36-37 "어리석은 새 같으니라고." 두더지가 말했다. "그 새는 항상 하늘을 날아다녀. 그래서 아프게 된 거야. 길에서 비켜, 새야!" 두더지는 새의 다리를 찼다. "그만!" 엄지공주가 소리쳤다. "이 불쌍한 새가 당신한테 뭘 어쨌다고 그래요? 저리 가버려요, 두더지!" 두더지는 코를 치켜세웠다. 두더지는 가버렸다. 엄지공주는 새와 함께 지하에 머물렀다. 그녀는 씨앗들을 찾았다. 그녀는 가장 좋은 씨앗들을 새에게 주었다. 그녀는 불쌍한 새를 도우면서 몇 주를 보냈다.

[제 3 장] 작은 소녀, 사랑을 찾다

p. 40-41 곧 새는 점점 더 튼튼해졌다. "네가 날 도와줘서 기뻐." 새가 엄지공주에게 말했다. "난 지금 행복해." 새는 공기 냄새를 맡았다. "밖은 아주 추워." 새가 말했다. "하지만 난 아직 남쪽으로 날아갈 수 있어. 지금 당장 떠나야 돼." 새는 곰곰이 생각했다. "엄지공주야." 새가 말했다. "난 너를 여기에 남겨두고 싶지 않아. 나랑 같이 가자. 우리 둘 다 남쪽으로 날아갈 수 있어. 거기가 훨씬 더 따뜻해."

p. 42-43 엄지공주는 잠시 생각했다. "좋아." 그녀가 말했다. "가자!" "내 등에 타." 새가 말했다. 엄지공주는 새의 등에 올라탔다. 그들은 날아갔다. 아래의 땅은 그들이 날아가면서 바뀌었다. 처음에, 땅은 차갑고 축축했다. 다음에는 모래가 뒤덮이고 건조해졌다. 마침내, 엄지공주는 따뜻하고 풀이 무성한 곳을 보았다. 새는 아주 큰 나무를 가리켰다. "나는 이 나무에서 살아." 새가 말했다. "나는 꼭대기에 살아. 널 어디에 내려 줄까?"

p. 44-45 엄지공주는 아름다운 꽃 한 송이를 보았다. 그것은 엄마 집에 있는 꽃과 닮았다. "저기에 내려놔 줘." 그녀가 말했다. 새는 그녀를 그 꽃에 올려 놓았다. "안녕, 엄지공주." 새가 말했다. "만약 필요한 게 있으면, 그냥 큰 소리로 불러. 내가 있는 나무에서 다 들을 수 있어." "고마워, 새야." 그녀가 말했다. "너는 정말 친절하구나." 엄지공주는 꽃 주위를 둘러보았다. 갑자기 한 소년이 나타났다. 그는 엄지공주와 같은 크기였다. 그리고 그는 매우 잘생겼다. 그에게는 흰 날개가 있었다.

p. 46-47 "와!" 그 소년은 말했다. "난 오랫동안 당신을 기다리고 있었어요! 당신도 나와 같은 요정이군요." "하지만 난 날개가 없는데요." 엄지공주가 말했다. "내가 해결할 수 있어요" 요정 소년이 말했다. 그는 엄지공주의 조그마한 뺨에 입을 맞추었다. 바로 그때, 흰 날개가 엄지공주의 등에서 자랐다. 그녀는 공중에서 위아래로 움직였다. "와!" 그녀가 말했다. "정말 기분 좋다!" "작은 요정 아가씨." 요정 소년이

말했다. "여기에 영원히 머물러 주세요. 나는 다시 외로워지고 싶지 않아요. 나와 결혼해 주겠어요?"

p. 48-49　엄지공주는 그의 질문에 대해 곰곰이 생각했다. 그녀는 자신이 만났던 이상한 동물들에 대해 생각했다. 그들 대부분이 그녀와 결혼하기를 원했다. 하지만 이 소년은 못생기거나 이상하지 않았다. 그는 매우 친절했다. 그는 그녀처럼 요정이었다. 엄지공주는 자신이 집에 온 것 같이 느껴졌다. 그녀는 소년과 거기서 지내고 싶었다. "좋아요. 당신과 결혼할게요." 그녀가 말했다. 많은 새들이 나무에서 지저귀기 시작했다. 벌레들도 윙윙거리기 시작했다. 그녀는 마침내 보금자리를 찾았다.

 # 미운 오리 새끼

[제 1 장] 난 왜 이렇게 못생겼을까?

p. 56-57　옛날에 행복한 오리 가족이 있었다. 그들은 아름다운 농장에서 살았다. 엄마 오리는 알들 위에 앉았다. 곧 오리 새끼들이 생길 것이다. 화창한 어느 날, 알들에 금이 갔다. 일곱 마리의 오리 새끼가 알에서 나왔다. 엄마 오리가 자세히 보았다. 엄마 오리는 당황했다. "여섯 마리의 예쁜 오리 새끼가 있네. 하지만 이 오리 새끼는 왜 이렇게 못생겼지?" 엄마 오리는 일곱 번째 오리 새끼를 가리켰다. 그것은 회색 깃털과 이상한 갈색 부리를 가지고 있었다.

p. 58-59　그 미운 오리 새끼는 매우 달랐다. 미운 오리는 다르게 행동했다. 미운 오리는 다르게 헤엄쳤다. '그 애는 여전히 내 아기야.' 엄마 오리가 생각했다. '그리고 난 그 애를 다른 아이들만큼 사랑해.' 하지만 다른 오리 새끼들은 심술궂었다. 때때로 어떤 날에는 미운 오리 새끼를 놀렸다. "너는 너무 못생겼어!" 그들은 놀렸다. "너

는 개구리 같이 생겼어!" 다른 오리 새끼들이 웃었다. 밤에, 미운 오리 새끼는 종종 울었다. '왜 나는 이렇게 못생겼지?' 그는 생각했다. '왜 다른 오리들은 그렇게 다르게 생겼을까?'

p. 60-61　어느 날, 미운 오리 새끼는 다른 연못에 갔다. 미운 오리 새끼는 거위들을 보았다. 그들도 미운 오리 새끼와 다르게 생겼다. "실례합니다, 거위님." 미운 오리 새끼는 그들 중의 한 거위에게 물었다. "저처럼 생긴 누군가를 아시나요? 다른 어떤 새들이 저와 닮았나요?" "아니. 넌 정말 못생겼구나. 난 너처럼 못생긴 새를 본 적이 없어. 하지만 넌 여기를 떠나야 해. 이곳은 위험해. 이 근처에 총을 든 사람들이 있어. 그들은 새들을 사냥하고 있지." 미운 오리 새끼의 눈이 확 커졌다. 미운 오리 새끼는 매우 무서웠다. 미운 오리 새끼는 거기에서 도망쳤다.

 어느 날, 미운 오리 새끼는 한 작은 할머니의 집에 갔다. 그 작은 할머니는 미운 오리 새끼를 보았다. '흠.' 그녀가 생각했다. '저건 거위 같이 생겼네. 쟤를 잡아야지. 쟤가 나에게 많은 알을 낳아 줄 거야.' 하지만 미운 오리 새끼는 거위가 아니었다. 그리고 미운 오리 새끼는 암컷이 아니었다. 할머니는 미운 오리 새끼를 닭장에 넣었다. "너는 착한 거위야." 할머니가 말했다. "알을 많이 낳거라. 안 그러면 혼날 줄 알아!" 미운 오리 새끼는 매우 열심히 노력했다. 하지만 알을 하나도 낳을 수 없었다.

 크고 심술궂은 고양이 한 마리가 근처에 살았다. "너 큰일 났다." 고양이가 말했다. "할머니가 정말 화가 났어. 너는 할머니를 위해 알을 낳고 있지 않아. 왜 넌 알을 낳지 않는 거지? 너는 형편없는 거위야." "하지만 나는 거위가 아닌 것 같아." 미운 오리 새끼가 말했다. "그럼, 넌 뭐니?" 고양이가 물었다. 미운 오리 새끼가 대답했다. "몰라. 아마 나도 고양이일지도 몰라." "네 등에 털이 있니? 날카로운 발톱이 있어?" "아니." 미운 오리 새끼가 말했다. "그렇다면 너는 고양이가 아니야." 어느 날 밤, 할머니가 닭장에 왔다. "내 알들은 어디 있니, 바보 같은 거위야?" 그녀는 커다란 나무 숟가락을 가지고 있었다. "알을 낳는 것이 좋을 걸. 안 그러면 내가 너를 때려 줄 거야."

 미운 오리 새끼는 정말 무서웠다. "난 이 닭장을 떠나야 해." 어느 날 밤, 미운 오리 새끼는 운이 좋았다. 할머니가 문을 약간 열어두었다. 미운 오리 새끼는 문 밖으로 뛰어 나갔다. 그는 밤새 계속 뛰었다. 아침에 미운 오리 새끼는 매우 피곤했다. 하지만 그는 안전했다. "휴!" 그는 말했다. "정말 아슬아슬했어." 미운 오리 새끼는 자신이 안전해서 기뻤다. 하지만 외로웠다. 아무도 그의 친구가 되길 원치 않았다.

 '난 평생 이 연못에 있을 거야.' 미운 오리 새끼는 생각했다. '아무도 나의 친구가 되길 원치 않아. 나는 여기에 있으면서 많이 먹을 수 있어. 먹을 게 많잖아.' 미운 오리 새끼는 그 연못에 홀로 머물렀다. 그는 몇 달을 거기에 있었다. 그는 많은 음식을 먹었다. 그는 훨씬 커졌다. 어느 날, 위를 올려다 보았다. 그는 자신 위로 날아가는 아름다운 흰 새들을 보았다. 그들은 하늘 높이 있었다. 그들은 튼튼하고 자유로워 보였다. 미운 오리 새끼는 자신도 아름다웠으면 좋겠다고 생각했다.

[제 2 장] 기쁨의 눈물

 곧 날씨가 추워졌다. 겨울이었다. 삶이 매우 힘들었다. 미운 오리 새끼는 음식을 많이 찾을 수 없었다. 그는 너무 추웠다. 그는 너무 약했다. 그는 뭍으로 헤엄쳐 나왔다. 그는 풀밭에서 잠이 들었다. 운 좋게도 마음씨 좋은 농부가 나타났다. 그는 불쌍한 미운 오리 새끼를 보았

다. 그는 자신의 농장으로 미운 오리 새끼를 데려갔다. 그는 자신의 두 아이들에게 미운 오리 새끼를 주었다. "얘들아, 이 불쌍한 새를 돌봐주렴. 이 새는 매우 약하단다. 먹거나 헤엄칠 수도 없어."

p. 74-75   그 아이들도 매우 착했다. 매일 그 착한 아이들은 많은 음식을 가지고 왔다. 음식은 미운 오리 새끼를 더 튼튼하게 만들어 주었다. 봄이 왔을 때 그는 매우 튼튼해졌다. 또한 아주 커졌다. "너는 이제 우리 농장에 있기에는 너무 커졌어." 농부가 말했다. "너는 연못으로 돌아가야 될 것 같아." 아이들과 마음씨 좋은 농부는 작별인사를 했

다. "우리는 네가 그리울 거야." 아이들은 조금 울었다. 그들은 미운 오리 새끼가 농장에 머물기를 원했다. 하지만 그들은 미운 오리 새끼가 너무 크다는 것을 알았다.

p. 76   미운 오리 새끼는 연못으로 돌아갔다. 그는 물을 보았다. 그는 물 표면에 비친 자신의 얼굴을 볼 수 있었다. '와!' 미운 오리 새끼는 생각했다. '나는 이제 매우 다르게 보여! 나는 전혀 오리 새끼로 보이지 않아.' 그는 아름다운 흰 깃털을 가지고 있었다. 길고 노란 부리를 가지고 있었다. 그는 하늘을 올려보았다. 또다시, 그는 흰 새들을 보았다. 그들은 미운 오리 새끼가 작년에 보았던 새들과 같은 새들이었다. 그들은 날아 내려와서 미운 오리 새끼 근처 물에 내려앉았다. 미운 오리 새끼는 그들에게로 헤엄쳐 갔다.

p. 78-79   "실례합니다." 미운 오리 새끼가 말했다. "내가 무엇인지 아시나요?" 몇몇 백조들이 웃었다. "정말 이상한 질문이군! 너는 우리와 같은 종류잖아. 너는 아름다운 백조야. 너는 우리 무리에 속해 있다고." 그러니까 미운 오리 새끼는 아름다운 백조가 된 것이었다. 많은 사람들이 그를 보러 연못에 왔다. 어느 날, 한 작은 소년이 그를 가리키며 말했다. "저 백조는 세상에서 가장 아름다운 백조예요." 그 큰 흰 새는 매우 행복했다. 그 새는 울기 시작했다. 그것은 기쁨의 눈물이었다.

David O'Flaherty

University of Ottawa, Ottawa, Canada
(M.A. Globalization and International Development)
Carleton University, Ottawa, Canada
(B.A. English Language and Literature)
Chungdahm Learning, Instructor

행복한 명작 읽기 **Basic 3**

엄지공주 | 미운 오리 새끼
Thumbelina | The Ugly Duckling

원작 Hans Christian Andersen
각색 David O'Flaherty
펴낸이 정규도

초판 1쇄 발행 2012년 1월 16일
초판 4쇄 발행 2021년 10월 19일

편집장 허윤영
디자인 정현석, 김나경, 박수경
일러스트 Bridget Taylor
녹음 Jane Ross, Samantha Harmon
번역 김지은

다락원 경기도 파주시 문발로 211
내용문의 (02)736-2031 내선 523
구입문의 (02)736-2031 내선 250~252
Fax (02)732-2037
출판등록 1977년 9월 16일 제406-2008-000007호
Copyright © 2012, 다락원

값 7,000원(오디오 CD 1개 포함)
ISBN 978-89-277-0303-7 48740 / 89-7255-905-9 48740(set)

http://www.darakwon.co.kr
다락원 홈페이지를 방문하시면 상세한 출판 정보와 함께 MP3 자료 등 다양한 어학 정보를 얻으실 수 있습니다.